ResumenExpress.com

La mujer del espejo

de Éric-Emmanuel Schmitt

GUÍA DE LECTURA

Escrita por Dominique Coutant-Defer
Traducida por Juan Lopez

La mujer del espejo

de Éric-Emmanuel Schmitt

Entiende fácilmente la literatura con

ResumenExpress.com

www.ResumenExpress.com

ÉRIC-EMMANUEL SCHMITT

ESCRITOR FRANCO-BELGA

- **Nació en 1960 en Sainte-Foy-lès-Lyon, Auvergne-Rhône-Alpes.**
- **Algunas de sus obras son:**
  - *La secta egoísta* (1994)
  - *La parte del otro* (2001)
  - *Oscar y la dama rosa* (2002)

Éric-Emmanuel Schmitt es uno de los autores franceses más leídos en el mundo. Reside en Bruselas y comenzó su carrera de escritor en el teatro con *La Noche de los Valognes* (1991), una variación sobre el mito de Don Juan, y *El visitante* (1993), una obra en la que Freud – médico austriaco, fundador del psicoanálisis, 1856-1939 – recibe la visita de un enigmático hombre que afirma ser Dios en persona.

Sin dejar de escribir para el teatro, Schmitt también escribe novelas (*La parte del otro*), relatos cortos (*Odette Toulemonde: Y otras historias*, 2006) e incluso una autoficción (*Mi vida con Mozart*, 2005). Recientemente, se ha puesto detrás de la cámara y ha adaptado al cine dos de sus obras, entre ellas *Oscar y la dama rosa* (2009).

LA MUJER DEL ESPEJO

LA HISTORIA DE TRES MUJERES EXCEPCIONALES

- **Género:** Novela
- **Edición de referencia:** *La Femme au miroir*, París, Albin Michel, 2011, 455 p.
- **1ª edición:** 2011
- **Temas:** Diferencia, feminidad, espejo, destino, matrimonio

La mujer del espejo presenta a tres mujeres en épocas y lugares diferentes. Ana vive en Brujas (Bélgica) durante el Renacimiento, Hanna en Viena (Austria) a principios del siglo XX, y Anny en California (EE. UU.) en la actualidad. Las tres mujeres viven en el contexto histórico y cultural de su tiempo, pero sobre ellas parece pesar el mismo peso: el de las convenciones, del que intentan, cada una a su manera, escapar.

RESUMEN

ANA

Durante el Renacimiento, Ana es una joven huérfana rebelde que vive con el resto de su familia – todas mujeres – en Brujas. Ana tiene que casarse con Felipe, pero no quiere. Por eso se siente diferente de sus amigas, que se sienten atraídas por el matrimonio.

Con motivo de su boda, le prestaron un espejo, un objeto poco común en la época, pero su celosa prima Ida lo rompió. Ana aprovechó la distracción causada por el incidente para huir de su boda y refugiarse en el bosque, donde pasó varios días sola, lejos de toco y completamente feliz. Siempre ha tenido un vínculo especial con la naturaleza, y fue en contacto con ella donde experimentó sus primeros éxtasis. Al huir de su matrimonio, siente un intenso alivio.

Ida y Felipe finalmente la encuentran y, enfadados, la atan. Entonces aparece un extraño gigantesco, el monje Braindor, y los pone en fuga. Parece amenazador, pero en realidad es muy amable, pues, había suministrado pan a Ana durante su estancia en el bosque. Tras cortar los lazos de la joven, la lleva a Brujas y anuncia a su asombrada familia que la vocación de Ana es probablemente hacerse monja. De hecho, rápidamente percibió el potencial místico de la joven.

Más tarde, se decide que Ana no se case con Felipe - para evitar una nueva huida -, pero su familia se niega a que sea religiosa. A instancias de Braindor, lee la Biblia, que la fascina, pero cuya violencia la asusta hasta el punto de provocarle pesadillas. Llega a la conclusión de que no está hecha para la vida religiosa. Al sentirse llamada por el lobo que amenaza al pueblo, Ana participa en una cacería y establece un extraño vínculo con el animal enseñándole a detectar trampas y proporcionándole comida.

Cuando regresa a Brujas, todos creen que es un milagro que el lobo la haya perdonado. Ya no ataca a los habitantes. Ana es venerada como una santa y se convierte en la atracción del pueblo. "Si Dios había salvado a esta criatura, era porque era pura, virgen, sin pecado." (p. 184).

Braindor intenta de nuevo convencerla de su vocación religiosa. Feliz de escapar de su familia, Ana ingresa en el beguinaje -una comunidad religiosa- de Brujas, pero se niega a unirse a la religión tradicional y a leer la Biblia, que le sigue pareciendo espantosa. Sin embargo, tuvo experiencias místicas cuando meditaba. Poemas místicos acudieron a ella durante sus experiencias y se recogieron en su manuscrito *El espejo de lo invisible*.

Más tarde, Braindor descubre un poema de Ana que le confunde. Fue escrito bajo el tilo que habla la chica. En ella se refiere a un ser superior, presente en la naturaleza, al que llama "su amante" (p. 67). El monje afirma que es Dios. Ana se convierte en "una poetisa mística" (p. 295).

Su tía empieza a prestarle mucha atención, lo que provoca los celos de Ida. Ida también es infeliz porque no encuentra marido. Desesperada, prende fuego a la casa familiar y queda atrapada entre las llamas. Sobrevive al incendio, pero las quemaduras la desfiguran.

Recibida por el archidiácono, Ana sigue sosteniendo que Dios es sólo una palabra. Cuida amorosamente de Ida, que intenta suicidarse tras verse en un espejo. Celosa también de la atención que Ana presta a la superiora del beguinaje, la moribunda Ida la envenena a ella y al médico y acusa a su prima del asesinato. Las cosas se intensifican. Acusada de impiedad y de practicar ritos satánicos con animales salvajes, Ana es declarada bruja y condenada a morir quemada viva. Muere apaciblemente en la hoguera, ante los habitantes de Brujas, enfurecidos por esta injusta condena.

HANNA

En 1904, en Viena, Hanna, poco interesada en el matrimonio, confiesa en una carta a su amiga de la infancia, Gretchen, diez años mayor que ella, que se casó con Franz von Waldberg por cansancio. Ella lo encuentra atractivo, pero se queda fría en sus brazos y observa ansiosamente en su espejo los signos de un posible embarazo, temiendo la decepción de su familia si falla. También confiesa que se aburre en su lujosa casa. La joven no se interesa por ninguno de los temas que conciernen directamente a su sexo: ni el matrimonio, ni los hijos, ni las tareas domésticas despiertan su interés, lo que se suma también a su estado de perpetuo aburrimiento.

Tras un año de matrimonio, Hanna alivia su aburrimiento coleccionando cristalería. Se queda embarazada y por fin se siente como las demás mujeres después de tanta presión por parte de sus compañeros y su familia política. Espera que la maternidad la colme y se deja caer en un "estado vegetativo" (p. 132), pues cree que por fin ha encontrado la felicidad.

Pensando que induciría mágicamente un parto tardío, Hanna rompe una de sus piezas de cristalería. Desgraciadamente, el médico le dice que ha tenido un embarazo nervioso: en efecto, su vientre estaba lleno de agua. Deseosa de aclarar las causas de su embarazo nervioso, y por consejo de su tía Vivi, Hanna consulta a un psicoanalista, el Dr. Calgari. Ella le deja con la sensación de que está tratando con un estafador.

Sin embargo, decide volver al médico para averiguar las causas de su obsesión por el azufre y las causas de una experiencia extática al escuchar una obra de Gustav Mahler (1860-1911), compositor y director de orquesta austriaco. Estos acontecimientos le ayudan a comprender el valor del psicoanálisis. De hecho, las sesiones de psicoanálisis revelan a Hanna su rechazo a evolucionar, su gusto por la pureza y su miedo a ser madre. Durante una sesión de hipnosis, confiesa que fue abandonada al nacer.

Poco a poco, se siente atraída por el Dr. Calgari, pero él la aleja. Entonces descubre el placer físico con un estudiante que la cortejaba. Luego, abandona a su marido, dejándole su fortuna.

En 1912, Hanna se hizo psicoanalista en Suiza y escribió a Gretchen que había empezado a escribir un libro sobre el misticismo flamenco tras descubrir el manuscrito de Ana *El espejo de lo invisible* en Brujas. Se siente muy unida a esta mujer que vivió mucho antes que ella, y equipara los éxtasis místicos de Ana con experiencias psíquicas. Tiene la impresión de que Ana ha escrito lo que ella misma siente, siglos después.

Dos años después, Gretchen escribe al ex marido de Hanna para advertirle de que, en efecto, Hanna fue criada por sus verdaderos padres, pero que renegó de ellos porque no eran aristócratas. Murieron accidentalmente poco después, y Hanna ocultó su culpabilidad bajo la fábula del abandono, que envenenó su vida. También recuerda la muerte de Hanna en los primeros días de la Primera Guerra Mundial (1914-1918).

ANNY

En el Hollywood actual, Anny es una excéntrica actriz de 20 años adicta a la cocaína, quien se sorprende al enamorarse de David. Una noche, para impresionarle, se entrega a peligrosas acrobacias en un club nocturno y es aplastada por una de las bolas de discoteca en las que le gusta contemplarse.

En el hospital, Anny se vuelve adicta a la morfina. Ethan, un enfermero, quiere desintoxicarla, mientras que Johanna, su agente, aprovecha su accidente para hacer publicidad, sin preocuparse lo más mínimo por el estado de su clienta. Durante su estancia en el hospital y sus conversaciones con Ethan, se da cuenta de que no es feliz ni querida. Se da cuenta de que pensaba que amaba a David, pero que no era así.

Ya recuperada, Anny puede reanudar el rodaje. Comprueba en un espejo el espeso maquillaje que cubre sus cicatrices. Ahora vive con David, un hombre encantador y manipulador, pero también se alegra de volver a ver a Ethan, que no la deja indiferente. A pesar de su evidente atracción por la actriz, Ethan rechaza sus insinuaciones, convencido de que ella sólo quiere añadirlo a su lista de conquistas antes de deshacerse de él.

Por despecho, Anny se acuesta con el director de la película y no acude a la cita que Ethan le ofreció. Dominando al director desde que se convirtió en su amante, la joven es caprichosa en el plató. Una vieja actriz, apodada "Sac Vuitton" (p. 214), le advierte que se perderá a sí misma si sigue llevando esta vida exaltada, pero sin verdaderos placeres.

Anny está de acuerdo con Johanna, que le insta a dejar el alcohol y las drogas, pero ella se fija en secreto el objetivo de llegar a un coma etílico en tres días. Durante la proyección de su película, Ethan la encuentra inconsciente, víctima de una sobredosis.

Johanna convierte la rehabilitación de Anny en un acontecimiento mediático multimillonario y, en el hospital, la actriz es acosada constantemente por cámaras detrás de espejos unidireccionales.

Más tarde, Ethan le confiesa que está drogado. Desactivando las cámaras que graban a la joven en su habitación del hospital, mantienen relaciones sexuales. El director de la clínica despide a Ethan, juzgando que pasa demasiado tiempo con Anny. Tras interrumpir su tratamiento, Anny asiste al funeral de "Sac Vuitton" y visita a Ethan en la cárcel, donde está encarcelado por robar medicamentos del hospital.

Algún tiempo después, el lector encuentra a Anny, que se ha retirado a la orilla del mar y ha encontrado a Ethan, que ha salido de la cárcel pero sigue drogándose. Rechaza todas las ofertas de guiones, excepto la de un director europeo que le ofrece el papel de Ana de Brujas en su película. Este hombre es, de hecho, el nieto de Gretchen, a quien Hanna había dedicado su libro. Anny y Ethan se reúnen con él en París.

Anny, completamente transformada, rueda la película sobre la vida de Ana en Brujas. En el beguinage, se siente misteriosamente atraída por el viejo tilo al que Hanna ya había acudido instintivamente un siglo antes.

ESTUDIO DEL CARÁCTER

ANA

Conocida como la Virgen de Brujas, Ana vivió en esta ciudad flamenca durante el Renacimiento. Huérfana de madre y padre desconocido, abandonó una granja aislada en el norte de Flandes y se trasladó a Brujas con su familia, formada principalmente por mujeres: abuela, tías y primas.

Esta bella adolescente rubia se niega a casarse con el joven Felipe y se refugia constantemente en la naturaleza, con la que siempre ha mantenido una relación exaltada y extraña, que la lleva a sus primeros éxtasis místicos. Ana ve la vida de una forma diferente a los demás y destaca en una sociedad en la que se espera que encaje en la norma establecida. Debería casarse con un hombre de buena familia y darle hijos, y llevar así una vida muy tradicional, como millones de otras muchachas católicas del Renacimiento, pero Ana anhela la libertad y la naturaleza; sabe que no puede encontrar la felicidad si se limita a una vida familiar estereotipada.

Retirada a una comunidad religiosa, aunque rechaza los dogmas del cristianismo, aprecia la vida sencilla del beguinaje, ya que se siente libre de las obligaciones sociales -como el matrimonio- de las que pretende escapar. Tenía una visión original y progresista de la religión para su época, ya que cuestionaba las acciones de Dios en la Biblia.

A lo largo de la novela, Ana muestra una gran compasión por su prima Ida, que la ha odiado toda su vida. Es ella quien trama llevar a la joven a su perdición. De hecho, Ana acaba siendo quemada como bruja, acusada de herejía y víctima de la acusación de envenenamiento que le hace Ida, que siempre ha estado celosa de su belleza y su éxito.

HANNA

Los capítulos sobre Hanna son epistolares. Son cartas que Hanna le escribe a su amiga Gretchen a lo largo de varios años. Hanna acaba de casarse con Franz von Waldberg, un noble vienés, que le ofrece una vida fastuosa. Hanna no se casó con él por amor, sino porque estaba cansada de su vida de soltera. Tampoco le gusta la vida de casada, y sólo su colección de cristal le proporciona cierta felicidad -"Aparte de mi colecc ón, nada de lo que me espera el día me atrae." (p. 96). No tiene ningún deseo de tener hijos y ser madre, pero el estrés que siente por la continua presión de su entorno para que se quede embarazada la lleva a un embarazo nervioso.

Al igual que Ana, Hanna no encaja en las expectativas de una mujer de su época, pues, el matrimonio, los hijos y las obligaciones domésticas le interesan poco. Aunque tiene edad suficiente para ser considerada una dama, siente que se está disfrazando cuando se viste de mujer; sigue siendo una "mera niña perdida en el país de las mujeres y obligada a imitar al adulto." (p. 29). Hanna vive así una mentira, y finge cada día ser un personaje que no le corresponde, en el que no se reconoce. Por ejemplo, acepta las relaciones sexuales con su marido sólo porque cree que es su papel, sin ni siquiera sentir atracción por él.

La joven sabe que tiene todo lo que necesita para ser feliz, pero es incapaz de alcanzar la felicidad que tanto busca – "Cada día me recuerdo a mí misma que soy elegante, amada, deseada, alojada en un palacio, presentada a la mejor sociedad de Viena; cada hora me obligo a admitir que tengo una salud excelente, que como más de lo que necesito." (p. 95). Para evitar que la gente se interese por ella y descubra su profunda angustia, prefiere interesarse por ellos y recoger sus propias confidencias.

Su vida cambia cuando descubre el psicoanálisis. Por fin se libra de las convenciones sociales y deja a su marido para vivir la vida independiente con la que siempre había soñado, primero en Suiza, y luego en Bélgica. El psicoanálisis también le permitió desprenderse de su colección de cristal, que se había convertido en una obsesión malsana.

ANNY

La bella y excéntrica actriz de Hollywood de 20 años, Anny, nacida de padres desconocidos, lleva una vida disoluta de drogas, alcohol y antidepresivos que acentúan su inclinación por la autodestrucción. Como bien señala Ethan, "huye de su vida interior" (p. 77), negándose a pensar y entrando en pánico cada vez que piensa en el futuro.

Anny acumula conquistas masculinas, hasta el punto de que se cruza con hombres preguntándose si se ha acostado con ellos, pero es muy consciente de que eso no la satisface realmente. Tiene el descaro de engatusar a un policía para librarse de una multa. Como señala Tabata, una vieja actriz, Anny "no es feliz porque [abre] la puerta a sentimientos inmensos" (p. 222), pues, "Cuando ríes, ríes: no te burlas... Cuando lloras, lloras: no gimoteas... Todo en ti es grande, nada insignificante, nada pequeño." (*ibíd.*). Su sensibilidad se expresa también en su talento interpretativo, que la propulsó rápidamente a lo más alto del cartel.

Un joven enfermero, Ethan, quiere desintoxicarla. Ella se enamora de él, aunque también es drogadicto. Finalmente abandona su agitada vida, se exilia junto al mar y por fin encuentra un papel en el cine que realmente le conviene: Ana de Brujas.

Como actriz, también se ve obligada a representar un papel todo el tiempo, participando a veces en sesiones de fotos publicitarias e iniciando a regañadientes un romance con David, un apuesto actor, simplemente porque sería bueno para su imagen.

EL SÉQUITO DE ANA

El monje Braindor

Este alto y temible hombre de costumbres rescata a Ana cuando huye por primera vez en el bosque; nunca dejará de protegerla y aconsejarla. El monje Braindor, consciente del temperamento místico de la muchacha e intrigado por su personalidad, intenta varias veces convencerla de que ingrese en las órdenes, multiplicando los argumentos teológicos. Su deseo se cumplió finalmente cuando Ana entró en el beguinaje.

Ida

Ida es prima de Ana y su hermana de pañales. Profundamente celosa del matrimonio de su prima, de su belleza y de la atención que recibe de los demás, la provoca e insulta repetidamente. Llega a prender fuego a la casa de la familia y se queda atrapada entre las llamas. Salvada por Ana, que vela por ella durante su convalecencia, le reprocha su afecto por la superiora del beguinaje. Luego envenena al médico y a la madre superiora acusando a Ana de estos crímenes. Es ella, de nuevo, quien acusa a Ana de brujería y provoca su muerte.

EL SÉQUITO DE HANNA

Tía Viv

Considerada "la libertina del clan" (p. 60) que colecciona amantes, es la tía del marido de Hanna. Su familiaridad permite que las dos mujeres se conviertan poco a poco en amigas. La tía Vivi da a la joven inexperta consejos sobre el aseo y los modales, y también se interesa por su vida íntima. Descubre el profundo desequilibrio de Hanna y le aconseja que se someta a un psicoanálisis. También es ella quien descubre (y calla), practicando el arte del péndulo, que la joven no está realmente embarazada. Hanna la admira por su extrema feminidad y su postura vanguardista.

Franz

Franz es el marido de Hanna y un entusiasta de los sombreros. Amable y cariñoso, es muy feliz con su matrimonio y sólo quiere hijos para completar su felicidad. Idolatra a Hanna – "Soy demasiado afortunado por haber sido elegido por la hechicera Hanna" (p. 98)-, pero es ciego a su infelicidad y no se da cuenta de que pronto los arruinará con su colección de azufres. Gretchen no le informa del embarazo nervioso de Hanna hasta su muerte.

EL SÉQUITO DE ANNY

Tabata Kerr, alias Sac Vuitton

"Sac Vuitton" es el apodo de una vieja y grandilocuente actriz de Hollywood, que le pusieron por su cara llena de cicatrices de la cirugía plástica. Ahora, fea y obesa, aprovecha la celebridad de Anny -que la adora- para aparecer en revistas de famosos. Pero también es ella quien convence a la joven actriz de su talento y le aconseja que vuelva al buen camino.

Ethan

Un joven enfermero drogadicto cuida de Anny tras una caída en un club nocturno. La ayuda a sentirse mejor administrándole morfina. Una vez fuera del hospital, Anny se escabulle para verle por la noche y recibir sus dosis. Ethan está enamorado de ella, pero necesita tiempo para admitirlo. Lleva a Anny a cuestionarse las razones de sus escapadas sexuales.

CLAVES DE LECTURA

UN PATRÓN NARRATIVO ESPECÍFICO

La mujer del espejo cuenta la historia de tres mujeres que viven en lugares y épocas diferentes: la primera, Ana, vive en Brujas durante el Renacimiento; la segunda, Hanna, en Viena a principios del siglo XX; la tercera, Anny, en California un siglo después. Donde el lector podría haber esperado un texto dividido en tres bloques sucesivos, cada uno dedicado a uno de los tres personajes, pero el autor ha optado por la alternancia. La novela se abre con la presentación de Ana, luego el segundo capítulo está dedicado a Hanna, y el tercero a Anny. El resto del texto sigue el mismo principio narrativo, evocando siempre a las tres mujeres en el mismo orden.

Así, la novela se ordena según una estricta división tripartita, en la que cada mujer tiene el mismo número de páginas en cada capítulo y el mismo número de capítulos en el libro. El continuo paso de una mujer a otra -en un cambio constante entre Brujas, Viena y California, por un lado, y el Renacimiento, el siglo XX y la década de 2000, por otro- confiere a la historia un ritmo particular, pues, las respectivas tramas se interrumpen regularmente y se reanudan más tarde.

Las tres mujeres entran en escena alternativamente, como en un escenario teatral donde cada una interpretaría su papel por turnos, rodeadas únicamente de un reducido número de acompañantes. El contexto histórico y los lugares de la acción sólo se evocan si sirven para pintar su evolución.

Hay pocas descripciones en *La mujer del espejo*, salvo los escenarios en los que viven Ana, Hanna y Anny: el bosque y el beguinaje de Brujas, los lugares de placer de la aristocracia vienesa, los clubes nocturnos de moda y los platós de cine de Hollywood. No se detalla el aspecto físico de las mujeres, ya que el autor prefiere dar prioridad a sus reacciones psicológicas ante los acontecimientos. Este aspecto es especialmente marcado en la historia de Hanna, ya que es a través de su punto de vista, expresado en la correspondencia con su amiga Gretchen -cuyas respuestas se desconocen-, como el lector toma conciencia de los hechos de su vida y de su repercusión en la mente de la joven.

Por último, es evidente desde el principio de la novela que el autor quiere establecer un paralelismo entre los destinos de estas tres mujeres -aunque sólo sea por la semejanza de sus nombres de pila-, entre las que el lector percibe muy rápidamente similitudes. Esta intención se manifiesta explícitamente en los tres últimos capítulos, hacia los que converge todo el texto. Anny conoce a un director que quiere dirigir la historia de Ana de Brujas, que le legó su abuela Gretchen, amiga por correspondencia de Hanna; por último, la actriz, de camino a Brujas para rodar la película, se siente misteriosamente atraída por el árbol bajo el que Ana se alojaba cuatro siglos antes, y bajo el que Hanna ya se había detenido, entonces en una visita turística al beguinaje.

Las tres líneas principales de la novela cierran el círculo y se convierten en una sola.

EL RETRATO TRIDIMENSIONAL DE UNA MUJER

Juntas, las tres heroínas dibujan un retrato de mujer con tres facetas. Sus respectivas apariciones en el tiempo, en tres épocas diferentes, podrían evocar la metempsicosis, teoría según la cual una misma alma puede animar sucesivamente varios cuerpos humanos, animales o incluso vegetales. Es como si estas tres mujeres fueran una sola, repitiendo un destino a siglos de distancia, a través de reencarnaciones sucesivas – tanto más cuanto que el título de la novela evoca a una sola mujer.

 ## METEMPSICOSIS

Del griego antiguo *metempsúkhôsis*, que significa "desplazamiento del alma", la metempsicosis es la antigua creencia de que una misma alma puede habitar sucesivamente varios cuerpos humanos, animales o vegetales. Obviamente, supone una dualidad entre el alma y el cuerpo material, y conduce a la idea de la reencarnación, que sigue presente en algunas religiones actuales.

Muchos griegos exploraron esta idea, entre ellos Platón (c. 427 a.C.-c. 348 a.C.), filósofo griego que creía que el hecho de que un ser humano sea razonable o agresivo determina si se reencarnará en un animal gregario o de presa, y Pitágoras (c. 570 a.C.- 480 a.C.), matemático y filósofo griego que decía reconocer a un perro apaleado como uno de sus antiguos amigos debido a su empatía con el animal.

Más cerca de nosotros, el término también está presente en el *Ulises* (1922) de James Joyce (1882-1941), en el que el escritor irlandés demuestra la erudición del héroe sin mayor definición; Marcel Proust (1871-1922) lo incluye en la primera página de *En busca del tiempo perdido* (1913-1927), mientras que el escritor argentino Jorge Luis Borges (1899-1986) lo convierte en el tema de su cuento *La aproximación a Almotasim* (1944).

Sin adherirnos necesariamente a esta tesis, que el autor nunca menciona explícitamente, podemos, no obstante, explorar los estrechos vínculos existentes entre los tres personajes. "Cuánto nos parecemos a lo largo de los siglos..." (p. 424), dice la propia Hanna cuando decide escribir un libro sobre Ana, a la que llama "su hermana del laberinto" (p. 425). Las similitudes entre las tres mujeres se multiplican a lo largo del libro.

Una infancia problemática

Las tres mujeres de la novela tienen en común un doloroso pasado familiar, ya sea real o fantaseado:

- Ana, que nunca tuvo padre y cuya madre murió al darla a luz, fue acogida por sus tíos. A partir de entonces, teme que "deba su existencia a un sacrificio" (p. 117);

- Hanna, tras leer de niña un libro sobre la Reina de Francia, María Antonieta (1755-1973), decidió que quería ser reina. Luego culpó a sus padres "por no tener sangre azul" (p. 443), declaró que probablemente no era su verdadera hija e inventó una genealogía más prestigiosa. Esta fábula acarreó muchos problemas a la joven;

- Anny no conoció a sus verdaderos padres y fue criada por una pareja con la que decidió tener una buena relación para evitar problemas. Sin embargo, los abandonó a los 16 años para dedicarse a la interpretación.

Un mundo de mujeres

El entorno de las tres mujeres es esencialmente femenino, tanto si influye positiva como negativamente en las heroínas:

- Ana vive primero con su tía y sus primas -incluida Ida, que la odia-, y luego se une a una comunidad religiosa de mujeres;

- Hanna sufre la presión de las numerosas tías y primas de su marido, y en sus cartas se desahoga con su amiga Gretchen;

- Anny recibe consejos de una actriz que regresa, Sac Vuitton, y orientación profesional de su agente, Johanna.

Los personajes masculinos de la novela, por otra parte, parecen un poco débiles en comparación con sus homólogos femeninos y desempeñan papeles secundarios:

- El joven prometido de Ana es rápidamente expulsado, y ella se resiste a los argumentos del monje Braindor a lo largo de la historia;

- El marido de Hanna es cariñoso, pero sin sustancia real;

- Los innumerables hombres que gravitan hacia Anny parecen ser un parche. La actriz cree enamorarse de un hombre apuesto, David, y luego se siente atraída por Ethan, que es incapaz de liberarse de las drogas.

La afirmación de una diferencia

"Me siento diferente", murmuró (p. 9). La novela comienza con esta frase de Ana, mientras se prepara para su boda con Felipe. Asimismo, Hanna, que debería estar encantada con la perspectiva de casarse con el apuesto y rico Franz von Waldberg, confiesa que lo hace "como si probara un remedio" (p. 28). Anny, por su parte, se siente una extraña para sí misma, consciente de que no está viviendo la vida que le corresponde.

Las tres mujeres sienten esta dolorosa sensación de diferencia, principalmente en relación con lo que los demás esperan de ellas: matrimonio, maternidad, vida familiar. "No sé cómo ser la mujer que exige nuestro tiempo. Me cuesta interesarme por asuntos de nuestro sexo" (p. 29), dice Hanna. En cuanto a Anny, aspira a un destino excepcional y se regocija cuando descubre entre las beguinas que "una [puede] proponerse otras metas que barrer, someterse a la dominación masculina, poner hijos y limpiarlos" (p. 293). Por último, Anny oscila perpetuamente entre el deseo de ajustarse al modelo de actriz rica y adulada que le impone el medio hollywoodiense y la adhesión a su naturaleza profunda, solitaria y sentimental.

Las tres mujeres tardarán mucho tiempo en encontrar la manera de escapar al destino que la sociedad les tiene reservado:

- mística y poesía para Ana;

- psicoanálisis y escribir para Hanna;

- desintoxicación y una especie de vuelta a la naturaleza para Anny.

Además, las tres desarrollan soluciones tras haber sido víctimas de diversas adicciones. La imposibilidad de vivir en otro lugar que no sea la naturaleza para Ana, la recolección maníaca de azufre para Hanna y las drogas para Anny.

¿Debe considerarse *La mujer en el espejo* una novela feminista? En cualquier caso, aparece como un homenaje a aquellas mujeres que, en distintos momentos, fueron capaces de liberarse de las ataduras que se les imponían, tomando conciencia de su naturaleza más profunda, siempre asociada a un gusto inmoderado por la naturaleza en general -aunque esto se revele tarde para Anny. A lo largo de la novela, las heroínas afirman su diferencia y su incomprensión del mundo que las rodea.

EL TEMA DEL ESPEJO

El tema del espejo se utiliza con frecuencia en la literatura. Este objeto desempeña un papel importante en muchas historias. La superficie del agua refleja la imagen de Narciso en *Las Metamorfosis* (1 o 2 d.C.) del poeta latino Ovidio (43 a.C.-17 o 18 d.C.), al espejo en el que *La princesa de Cleves* (novela de la francesa Mme de La Fayette [1634-1693], escrita en 1678) se da cuenta de que el duque de Nemours le está robando el retrato, el espejo que cuestiona la madrastra de Blancanieves (1812) en el cuento de los hermanos y escritores-filólogos alemanes Jakob y Wilhelm Grimm (1785-1863 y 1786-1859), o el cuadro-espejo del *Retrato de Dorian Gray* (1891) del escritor irlandés Oscar Wilde (1854-1900), etc.

Novela centrada en el destino de tres mujeres, la historia de Éric-Emmanuel Schmitt asocia mujeres y espejos en su título, pero aquí el espejo va más allá de su función de objeto, que consiste en reflejar, más particularmente a las mujeres, una imagen más o menos halagadora de su persona. Sin embargo, también cumple este papel en la novela, cuando refleja a Ida, la prima de Ana que ha sufrido quemaduras graves, la imagen de su rostro destrozado, empujándola así al suicidio. De hecho, el espejo tiene principalmente una función simbólica en la novela. Aparece en los tres primeros capítulos, dedicados a cada una de las heroínas:

• Objeto precioso y raro durante el Renacimiento, reservado a la nobleza, fue prestado a Ana con motivo de los preparativos de su boda. El objeto despertaba la admiración de quienes no poseían uno. Ana ve entonces por primera vez su imagen, ciertamente deslumbrante, pero que no parece corresponderle, pues, "estaba mirando a una desconocida [...], no se parecía a ella" (p. 12). Este episodio se hace eco de la primera línea de la novela, en la que la niña afirma su diferencia. Además, el precioso espejo se rompe al final del capítulo, lo que significa la ruptura de Ana con el destino que le ha sido dado y la inminente anulación de su matrimonio. Este incidente sirve de detonante para que Ana "se arranque de la infelicidad" (p. 46);

• Hanna adjunta un retrato suyo con Franz en su primera carta a Gretchen. Se describe a sí misma como "una muchacha cortesana de sonrisa avergonzada" (p. 26), que no se reconoce bajo los extravagantes sombreros que le gusta ponerse a su marido. La correspondencia con su amiga actúa también como espejo de su propia imagen. Su existencia se duplica en cierto modo por la forma en que la describe en sus cartas. Además, la pasión de la joven por el cristal y el azufre sirve para aliviar su aburrimiento existencial, y contempla constantemente los reflejos y los juegos de luz. De hecho, es rompiendo uno de ellos como cree que puede inducir, de forma casi mágica, su parto. El parto se produce inmediatamente, revelando el falso embarazo de la joven, como si el objeto de cristal hubiera roto todas las apariencias. Años más tarde, cuando el psicoanálisis ha dado sus frutos, arroja toda su costosa colección al Danubio, como tantas pretensiones de las que se deshace;

- Anny está acostumbrada a contemplarse en las bolas de discoteca de los clubes nocturnos que frecuenta. "¿Quién es esa puta?" (p. 32), se pregunta en el primer capítulo. Al momento siguiente se da cuenta de que es ella, pero, completamente borracha. Se divierte con ello, del mismo modo que, a lo largo de la historia, oculta su malestar tomando diversas drogas. El tema del espejo es entonces recurrente en la historia de la joven actriz, que vive constantemente en el mundo de la imagen -incesantes fotos de paparazzi, cámaras ocultas en espejos unidireccionales para seguirla sin que ella lo sepa, etc.).

El espejo, en todas sus formas, está así omnipresente en la novela, devolviendo constantemente a las heroínas imágenes falsas o truncadas de sí mismas, símbolos de la existencia que llevan y que no les corresponde, imágenes de las mujeres tal y como otros querrían verlas. Y sólo cuando las jóvenes se alejan de sus reflexiones pueden volver a ser ellas mismas. Ana se sumerge en su contemplación de la naturaleza; Hanna confiesa sus pensamientos más vergonzosos, y Anny se despoja de la máscara que se pone para la prensa.

👁 EL ESPEJO EN LAS ARTES

El espejo no es sólo un motivo literario. A partir del Renacimiento, los espejos desempeñaron un papel importante en la pintura, ya que permitían a los artistas presentar retratos desde nuevos ángulos. Pensemos en particular en el *Arnolfini, marido y mujer* (1434) del pintor belga Jan Van Eyck (1390-1441), donde el espejo revela al pintor que está trabajando en el retrato de la pareja, mientras que tradicionalmente nunca aparece en sus propios lienzos; o la *Venus con espejo* (1650) del pintor español Diego Velázquez (1599-1660), donde Venus, desnuda, se contempla en un espejo sostenido por su hijo Cupido; o *la Mujer con espejo* (hacia 1515), del pintor italiano Tiziano (1488-1576), donde dos espejos rodean a la figura femenina -uno detrás de ella, y otro delante, para que pueda observar su peinado de espaldas.

En el cine, el espejo se utiliza a menudo para transmitir un estereotipo. Como en *La mujer en el espejo*, la mujer que se mira en el espejo muestra a menudo su vulnerabilidad; la persona que observa en el espejo no corresponde necesariamente a la persona que presenta al resto del mundo, como es el caso de la actriz israelí-estadounidense Natalie Portman (nacida en 1981), en la película *Cisne negro* (2010).

En la obra de Cocteau (1889-1963), poeta, dramaturgo y cineasta francés, el espejo se utiliza para exponer una realidad invisible, mostrando la dualidad entre el ser y el parecer. Por ejemplo, en *La Bella y la Bestia* (1946), las hermanas de Bella ven a una anciana y a un mono cuando se miran en un espejo. Orson Welles (1915-1985), cineasta y actor estadounidense, explota el tema del espejo en *La dama de Shanghai* (1948), donde un matrimonio se mata en un laberinto de espejos rotos, en un duelo del que sólo el narrador (interpretado por Welles) sale indemne. Esta escena se ha hecho famosa y muchas películas, como *El tercer hombre* (1949) o *Inception* (2010), han intentado referirse a ella.

TRES LUGARES, TRES ÉPOCAS Y LA MISMA CAMISA DE FUERZA

En su novela, Éric-Emmanuel Schmitt ha optado por situar a sus heroínas en tres escenarios espaciotemporales distintos. Evidentemente, no han sido elegidos al azar y están vinculados a los destinos respectivos de las tres jóvenes:

- Brujas y el Renacimiento. La ciudad de Brujas es un "shock" (p. 14) para Ana. Ella, que antes vivía en el campo, descubre la ciudad, un mundo completamente distinto al que estaba acostumbrada. Además, este paso también corresponde a su transición de la infancia, un estado inocente, a la condición de adolescente, con los problemas que ello conlleva, como el matrimonio. De hecho, en este lugar y esta época católicos, todos los habitantes esperan que Ana se case y dé a luz, a lo que ella se niega y evita, aunque descubre cierto misticismo;

- Viena a principios del siglo XX. La ciudad de Viena apenas se describe en la novela; se elige principalmente por su conexión con Sigmund Freud y el nacimiento del psicoanálisis. Esta proximidad geográfica permite a Hanna ser una de las primeras en beneficiarse de este nuevo enfoque gracias al Dr. Calgari. Su relación con Viena también es inseparable de las turbulencias de su matrimonio. Tras sus viajes, vivió allí mientras duró su matrimonio con Franz, pero una vez finalizado, huyó y se instaló en Suiza, abandonando tanto a su marido como su lugar de residencia;

- California hoy. Viviendo en uno de los lugares de moda de la jet-set de Hollywood, Anny está rodeada de múltiples tentaciones superficiales -relaciones con desconocidos, mucho alcohol, drogas, etc. Como resultado, la joven actriz vive en un permanente estado de malestar. Cuando viajó a Europa para rodar la película sobre Ana de Brujas, encontró un mundo más sencillo, lejos de los paparazzi. Este nuevo entorno le permitió experimentar una nueva forma de serenidad, que le había sido ajena hasta entonces.

A pesar de sus notables diferencias, estas tres épocas y lugares tienen puntos en común que unen el destino de las tres heroínas:

- La omnipresencia de la mirada de los demás. Aunque los personajes secundarios sólo se detallan mínima-mente, desempeñan un papel crucial, ya que su mirada influye en las acciones de las tres mujeres. Ana huye de su matrimonio porque no soporta la pre-sión familiar para casarse. Más tarde, se une a la orden de monjas influida por la opinión de Braindor sobre su fe. La presión del círculo familiar de Hanna para que su marido tenga un heredero es tan grande que le provoca un embarazo nervioso. En cuanto a Anny, interpreta constantemente un papel ante las cámaras, bajo el impulso de su agente, que quiere ganar el máximo dinero posible;

- Las convenciones sociales de la pareja que se vuel-ven demasiado fuertes. Cada época tiene sus propias convenciones sociales, que las heroínas no quieren seguir. Como resultado, se sienten inmensamente diferentes de su entorno. Ana rechaza el matrimonio con un buen hombre y una vida como esposa y madre. Hanna es esposa, pero no encuentra la felicidad en esta situación y no le interesa lo más mínimo la maternidad. Anny lleva una vida disoluta en la que ahoga su infelicidad en las drogas, el alcohol y el sexo, sin desear nunca una relación de pareja tradicional.

Las tres mujeres que conocemos al principio de la novela están encerradas en una camisa de fuerza similar, a pesar de los diferentes lugares y épocas en los que viven, todas sufren por sus diferencias, por su inconformismo con las normas imperantes, lo que las lleva a sentirse muy solas. *La mujer en el espejo* traza sus viajes personales para escapar de sus circunstancias opresivas y encontrar la felicidad y la plenitud.

VÍAS DE REFLEXIÓN

ALGUNAS PREGUNTAS PARA SEGUIR REFLEXIONANDO...

- ¿Cómo entiende el título de la obra? Interprétalo.

- Detalle la estructura narrativa de la novela. ¿Cómo es original?

- ¿Qué diferencias notas en la escritura de Hanna entre el momento en que vive en su mundo ilusorio y el momento en que se libera gracias a su psicoanálisis?

- ¿Cuál es la relación entre Braindor, la tía Vivi y Sac Vuitton?

- Aunque viven en épocas y lugares diferentes, ¿qué tienen en común las tres figuras femeninas de la historia?

- ¿Puede asociarse *La mujer del espejo* al género de la novela psicológica? Explícate.

- ¿Qué imagen ofrece el autor de los personajes masculinos de esta novela (Braindor, Franz, Ethan, etc.)? ¿Cómo se explica esto?

- ¿Puede calificarse *La mujer del espejo* de novela feminista? Justifica.

- ¿Qué papel desempeña la naturaleza en la novela?

- ¿Cómo vinculan explícitamente los últimos capítulos los destinos de las tres heroínas?

PARA IR MÁS LEJOS

EDICIÓN DE REFERENCIA

SCHMITT É.-E., *La Femme au miroir*, París, Albin Michel, 2011.

¡Su opinión nos interesa!
¡Deje un comentario en la pagina web de su librería en línea,
y comparta sus favoritos en las redes sociales!

Muchas más guías para descubrir tu pasión por la literatura

www.ResumenExpress.com